

Par Isabelle de Meese et Eloïse Murat

Les Aventures d'Alice au pays des merveilles

de Lewis Carroll

lePetitLittéraire.fr

Rendez-vous sur lepetitlitteraire.fr et découvrez :

Plus de 1200 analyses
Claires et synthétiques
Téléchargeables en 30 secondes
À imprimer chez soi

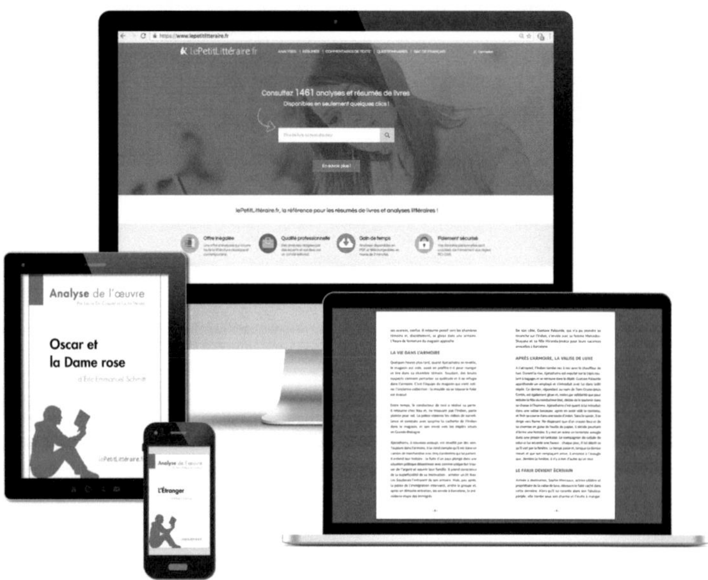

LEWIS CARROLL

LOGICIEN ET ÉCRIVAIN BRITANNIQUE

- **Né en 1832 à Daresbury (Angleterre)**
- **Décédé en 1898 à Guildford (Angleterre)**
- **Quelques-unes de ses œuvres :**
  - *De l'autre côté du miroir* (1872), suite des *Aventures d'Alice au pays des merveilles*
  - *La Chasse au Snark* (1876), poème
  - *Sylvie et Bruno* (1889), roman

Charles Lutwidge Dodgson est un écrivain anglais né en 1832 à Daresbury dans le Cheshire. Il est plus connu sous le pseudonyme de Lewis Carroll, qui est formé à partir de ses deux prénoms traduits en latin (Carolus Ludovicus), inversés (Ludovicus Carolus) et retraduits en anglais (Lewis Carroll).

Il est fils de pasteur et souffre de bégaiement. C'est un enfant doué qui est très vite encouragé dans la création littéraire. Pendant ses vacances, il édite des revues locales réservées aux hôtes du presbytère de Croft-on-Tees dans le Yorksire où sa famille vit : *La Revue du presbytère*, *La Comète*, *Le Bouton de rose*, *L'Étoile*, *Le Feu follet*, *Le Parapluie du presbytère* et *Méli-Mélo*. Il est rapidement à l'aise avec le style du *nonsense* (genre littéraire anglais créant l'absurde et le paradoxal par des jeux sur la langue).

Lorsqu'il quitte le cocon familial pour aller à l'école en 1845, il a énormément de mal à se lier avec ses camarades et se sent à part, trop différent. Il obtient ses diplômes de mathématiques et de lettres en 1854 au Christ Church College d'Oxford et enseigne ensuite dans ce même établissement. Il commence à écrire des nouvelles qui sont publiées dans la revue *The Train* l'année suivante. Il écrit aussi plus tard pour *The Whitby Gazette* et *The Comic Times*.

Lewis Carroll est passionné de photographie. Avec son appareil, il immortalise des paysages, des statues, des squelettes, des portraits de peintres, d'écrivains et de scientifiques. Régulièrement, il invite chez lui des petites filles et les photographie en les déguisant et en les mettant en scène. L'un de ses modèles préférés est Alice Liddell (1852-1934), l'une des filles du doyen, pour laquelle il écrit *Les Aventures d'Alice au pays des merveilles* en 1865.

Il utilise son vrai nom ou son pseudonyme selon le style de ses publications. Son vrai nom est réservé pour les textes « sérieux » que sont ses essais de mathématique (*Euclide et ses rivaux modernes*, 1879) et ses essais de logique (*Le Jeu de la logique*, 1887). Son nom de plume, par contre, est réservé à ses œuvres de fiction, qu'elles soient en vers ou en prose.

Romancier, essayiste, photographe, professeur de mathématiques et de logique, Lewis Carroll est un des premiers à s'être consacré à la littérature pour enfants. Le thème de l'inversion (des mots, des dialogues, des histoires et de la société) est récurrent dans toutes ses œuvres de fiction. Il meurt à Guildford en 1898.

LES AVENTURES D'ALICE AU PAYS DES MERVEILLES

UN CONTE QUI NE CESSE D'ÉMERVEILLER

- **Genre :** conte
- **Édition de référence :** *Les Aventures d'Alice au pays des merveilles*, Paris, Flammarion, coll. « GF », 2010, 146 p.
- **1ʳᵉ édition :** 1865
- **Thématiques :** métamorphose, initiation, merveilleux, rêve, absurde/non-sens

Par une chaude après-midi de l'été 1862, sur une barque, la petite Alice Liddell demande à Lewis Carroll de lui raconter une histoire. Il en invente une dont elle est l'héroïne. La petite fille lui demande d'écrire cette histoire et il lui offre un manuscrit des aventures d'*Alice sous la terre* soigneusement calligraphié et illustré en 1864. En 1865, il réécrit le texte sous le titre *Les Aventures d'Alice au pays des merveilles* dans le but de le faire publier. Il s'associe à John Tenniel (illustrateur britannique, 1820-1914) pour la réalisation des illustrations. Le succès du livre est immédiat.

Ce texte est l'œuvre majeure de Lewis Carroll. Il raconte les aventures d'Alice, une petite fille qui tombe dans un terrier en suivant un Lapin Blanc et qui découvre le pays des merveilles. Elle y rencontre des personnages étranges, notamment des animaux ou des objets qui parlent. Elle oublie tout ce qu'elle a appris, se heurte à la sensibilité des autres personnages et à leurs coutumes étranges.

Ce récit, un classique de la littérature anglaise, un succès mondial qui a été adapté sous de nombreuses formes, fascine encore aujourd'hui les enfants et les adultes.

RÉSUMÉ

LA DESCENTE DANS LE TERRIER DU LAPIN

Alice, une jeune fille, s'ennuie aux côtés de sa sœur, quand soudain un Lapin Blanc passe près d'elle en courant. Il semble très pressé et disparait dans son terrier. Alice le suit et fait une chute jusque dans les profondeurs de la terre. Elle se retrouve seule dans une salle basse, entourée de portes verrouillées.

Sur une petite table, elle trouve une clé en or qui lui permet d'ouvrir une porte minuscule : celle-ci donne sur un corridor au fond duquel se trouve un jardin adorable qu'Alice voudrait atteindre. Mais elle est beaucoup trop grande. Un flacon avec l'étiquette « Bois-moi » (*ebooksgratuits.com*, 2004, p. 12) surgit de nulle part. L'ayant bu, Alice rétrécit. Malencontreusement, la fillette a oublié de prendre la clé. L'instant d'après, un gâteau apparait sous la table avec l'inscription « Mange-moi » (*ibid.*, p. 14). L'ayant mangé, Alice grandit.

LE PAYS DES MERVEILLES

Alice atteint 2,75 m et s'empare de la clé, mais il lui est désormais impossible de franchir la porte : elle pleure et ses larmes forment une mare. L'éventail et les gants de chevreau que tenait le Lapin passent par hasard dans les mains d'Alice, ce qui la fait à nouveau rétrécir.

Elle nage alors dans la mare lacrymale où elle croise une

souris à qui elle parle de sa chatte Dinah : la souris s'effraie et Alice, conciliante, n'évoque plus ni chat ni chien. Toutes deux gagnent le rivage avec d'autres animaux. Sur la terre ferme, Alice bavarde avec ses nouveaux compagnons. Ils se demandent comment ils vont bien pouvoir se sécher : le Dodo propose une course à la Comitarde (c'est-à-dire une course où tout le monde gagne). Ensuite, la Souris raconte à l'assemblée la raison de sa haine des chats et des chiens. Dans le texte, son récit est présenté sous la forme d'un calligramme (poème dont le texte est disposé en forme de dessin) représentant une queue de souris. Croyant qu'Alice ne l'écoute pas, elle se vexe et s'en va.

Le Lapin Blanc est de retour : il veut retrouver ses gants et son éventail. Prenant Alice pour sa servante, Marianne, il lui ordonne de les chercher. La petite entre chez lui et trouve les objets. Avant de partir, elle boit un nouveau flacon et grandit au point de remplir toute la maison. Courroucé, le Lapin lance des cailloux à Alice, mais ceux-ci se transforment en gâteaux. Elle en mange un, rapetisse et sort précipitamment de la demeure pour aller se mettre à l'abri.

Ensuite, la fillette rencontre un ver à soie. Elle lui confie qu'elle aimerait retrouver sa taille normale. Il lui dit qu'un côté du champignon sur lequel il est assis la fera rapetisser, tandis que l'autre la fera grandir. Mangeant en alternance les deux morceaux, elle retrouve sa taille normale. Puis, Alice arrive dans une clairière où se trouve une maisonnette. Pour se présenter aux habitants, elle se fait à nouveau rapetisser.

La petite entre dans la maison où se trouvent la Duchesse, un bébé, le chat du Cheshire qui sourit et la cuisinière. On confie le bébé à Alice qui fuit le vacarme ambiant. L'enfant se transforme en cochon et elle le laisse sur sa route. Ensuite, elle voit le chat du Cheshire sur la branche d'un arbre et lui demande son chemin. Il lui affirme que tous les habitants sont fous, puis il disparait. Alice arrive à la maison du Lièvre de Mars.

Elle boit une tasse de thé en compagnie du Lièvre, du Chapelier et du loir. Elle trouve leur conversation absurde et quitte les lieux assez rapidement. Elle aperçoit alors une porte dans un arbre, la franchit et se retrouve dans la pièce du début de l'aventure. S'y prenant mieux, elle mange un morceau de champignon, rapetisse et pénètre enfin dans le jardin.

LA REINE DE CŒUR

Trois jardiniers en forme de cartes de jeu sont en train de peindre les roses blanches en rouge pour contenter la Reine. Ils discutent avec Alice quand le Roi et la Reine arrivent, précédés des courtisans. Tous sont déguisés en jeu de cartes et une partie de croquet haute en couleur est engagée. Alice aperçoit son ami, le chat du Cheshire, que les souverains veulent décapiter. Le chat fait donc disparaitre sa tête.

Le jeu fini, la Reine présente à Alice le griffon, qui l'amène auprès de la « Simili-Tortue » (*ibid.*, p. 127). À trois, ils discutent de leur vie scolaire passée et la tortue étouffe quelques sanglots. Le narrateur invite alors le lecteur à regarder l'image (une illustration de John Tenniel) pour mieux se représenter la scène.

Le griffon et la tortue expliquent à Alice comment se danse le « quadrille des homards » (*ibid.*, p. 137). Ils demandent ensuite à la fillette de leur raconter son histoire depuis sa chute dans le terrier. Après quoi, Alice leur récite un poème, mais elle en déforme involontairement les mots. Alors que la tortue mélancolique chante sa chanson, elle est interrompue par le début d'un procès.

Le Roi et la Reine de Cœur sont assis sur leur trône et la cour de justice est en place. Alice assiste au procès du valet de Cœur qui a dérobé les tartes de la Reine. Le Lapin Blanc appelle un à un les témoins – le Chapelier, la cuisinière et, enfin, Alice. Celle-ci est accusée par le tribunal : on discute pour savoir si elle est coupable ou non. La Reine la condamne à la peine capitale avant même d'avoir entendu le jugement, mais Alice se réveille, la tête sur les genoux de sa sœur.

ÉTUDE DES PERSONNAGES

ALICE

Alice est le personnage principal de l'histoire. À l'origine, ce personnage est calqué sur Alice Liddell, la petite fille dont s'inspire Lewis Carroll. Par la suite, lorsque le texte se destine à la publication, le personnage permet l'identification de toutes les petites filles de cette époque et de la classe sociale à laquelle appartient Alice Liddell (c'est-à-dire qui ont accès à l'éducation et qui ont un certain confort de vie).

Le personnage d'Alice est devenu un incontournable de la littérature anglaise et mondiale. Aujourd'hui encore, on associe ce prénom à cette histoire. Dans l'ouvrage de Lewis Carroll, Alice est de nature curieuse, altruiste et attentionnée. Même avec les meilleures intentions du monde, elle entretient souvent des relations conflictuelles avec les personnages étranges qu'elle rencontre :

- comme elle est étrangère à leurs coutumes et à leurs lois, il lui arrive de faire ou dire des choses qui sont jugées impolies et qui peuvent les vexer ;
- elle s'adresse à des animaux comme à des êtres humains et par conséquent, certains de ses propos peuvent les choquer, comme le fait qu'elle parle de sa chatte Dinah à une souris.

Tout au long de son séjour au pays des merveilles, Alice se sent mal et ne parvient pas à trouver sa place. Elle perd son savoir scolaire et grandit et rétrécit alternativement à plusieurs reprises. Tous ces changements la déroutent. Sans son savoir scolaire, notamment, elle ne peut plus rationaliser et vérifier que les choses qu'elles observent soient possibles. Elle n'arrive plus à rien calculer, mesurer ou analyser. Sans savoir, elle est à la merci du pays des merveilles, illogique au possible.

Alice est perdue, car tout lui semble différent de son monde d'origine. Et lorsqu'elle croit enfin avoir trouvé quelque chose qu'elle connait, elle est vite détrompée par un nouvel évènement dans ce monde qui lui rappelle cruellement qu'elle est étrangère et ne peut pas s'intégrer. Par exemple, lorsqu'elle pense sauver le bébé maltraité par la duchesse et la cuisinière, elle réalise que c'est un cochon et qu'elle n'avait pas besoin de prendre tant soin de lui. À force d'être systématiquement rejetée d'un pays qui ne semble pas vouloir d'elle, elle finit par se rebeller.

Pour pouvoir progresser dans le pays des merveilles, Alice voit apparaitre des objets magiques comme des boissons ou de la nourriture qui lui permettent de changer de taille. Étrangement, ces objets arrivent toujours au gré des envies d'Alice, au moment où elle en a le plus besoin. Le pays des merveilles s'adapte donc à Alice alors qu'elle-même n'arrive pas à s'adapter à lui.

Même si le personnage d'Alice suscite davantage l'identification des petites filles, ce conte intéresse également les adultes. En effet, dans le pays des merveilles, Alice observe une société qui n'est pas sans rappeler l'organisation et les coutumes de la société anglaise dont elle est issue, en très exagéré. *Alice au pays des merveilles* peut donc également être lu comme une critique déguisée de la société victorienne, et cette critique n'est pas perceptible par les petites filles. Bien que l'héroïne du conte soit la petite Alice, un lectorat d'adultes peut trouver également un intérêt à ce texte.

LE LAPIN BLANC

Le Lapin Blanc aux yeux roses mène constamment une course contre la montre (« Comme il se fait tard ! », p. 32). Autoritaire et sérieux, l'animal est au service du Roi et de la Reine. C'est également le personnage intermédiaire qui mène Alice du monde réel au pays des merveilles et inversement :

- au début du conte, il éveille la curiosité de l'enfant, qui le suit dans le terrier ;
- à la fin, lors de la mise en accusation de la petite fille, il est également le médiateur de la cour de justice, avant qu'Alice ne recouvre la réalité en se réveillant.

LE CHAT DU CHESHIRE

Alice rencontre le chat du Cheshire pour la première fois dans la demeure de la Duchesse. Il a de longues griffes, des dents pointues et un sourire figé. Ce chat, qui est charmant avec Alice, a la faculté d'apparaitre et de disparaitre autant qu'il le souhaite. Il peut également choisir de ne dévoiler que certaines parties de son corps et dissimuler les autres. C'est donc la seule créature dont la Reine ne peut trancher la tête. Le chat est le seul personnage avec qui Alice semble contente de pouvoir parler : elle est heureuse de le croiser à plusieurs reprises. D'ailleurs, elle parle de lui comme s'il était un ami.

LE LIÈVRE DE MARS ET LE CHAPELIER

Le Lièvre de Mars habite une maison loufoque : les cheminées ont la forme de ses oreilles et le toit est en fourrure. Quand Alice arrive chez lui, il prend le thé avec le Chapelier. Selon la petite, c'est le gouter le plus improbable auquel il lui ait été donné d'assister. En effet, les deux créatures se perdent dans une conversation en apparence inepte. Alice les trouve malpolis, pour plusieurs raisons :

- le Lièvre et le Chapelier affirment qu'il n'y a pas de place pour elle à leur table alors que c'est faux ;
- le Lièvre lui propose du vin, même s'il n'y en a pas ;
- le Lièvre fait également une remarque désagréable sur la coiffure d'Alice.

Ces deux personnages sont éternellement bloqués à l'heure du thé, c'est-à-dire à 18 heures. En effet, un jour, le Chapelier chantait quelques couplets d'une chanson et la Reine a ordonné qu'on le décapite pour avoir tenté de « tuer le temps » (p. 86), au sens propre. Sa peine n'a pas été prononcée, mais, depuis, le Temps est courroucé et a décidé de le contrarier lui et son ami le Lièvre de Mars.

Les noms de ces deux créatures ont été choisis avec minutie par Lewis Carroll.

- Le Lièvre de Mars : à l'époque de l'écrivain, l'expression « fou comme un Lièvre de mars » était très courante.

Le mois de mars est aussi celui au cours duquel les deux personnages sont restés bloqués à 18 heures.

• Le Chapelier : la folie du personnage peut être expliquée par le fait qu'à l'époque, les chapeliers inhalaient souvent les vapeurs du mercure. Celles-ci provoquaient de la confusion et des hallucinations.

LA REINE DE CŒUR

Elle est d'abord présentée dans le discours des habitants, qui la craignent (le Lapin Blanc, la Duchesse, les jardiniers, etc.). Colérique et capricieuse, elle prononce à tout bout de champ : « Qu'on leur tranche la tête ! » Sans que la Reine ne le sache, les décapitations n'ont jamais lieu, car, quand elle n'entend pas, le Roi de Cœur dit : « Vous êtes tous graciés. » (p. 105) Les habitants du pays des merveilles se moquent de ce personnage féroce et tyrannique, qui leur pose un tas de contraintes.

CLÉS DE LECTURE

GENÈSE DE L'ŒUVRE

M. Liddell, le doyen du Christ Church College d'Oxford où Lewis Carroll a d'abord étudié puis a officié en tant que bibliothécaire et professeur, avait trois petites filles. La bibliothèque était attenante au jardin où jouaient les fillettes et c'est probablement ainsi que le futur conteur les a rencontrées. Dans le poème d'ouverture du roman, il les surnomme Prima (Lorina), Secunda (Alice) et Tertia (Édith). Ce poème donne des informations sur l'origine du conte, tout comme le journal de Lewis Carroll daté du 4 juillet 1862. À partir de ces deux sources, il n'est pas difficile de retracer le contexte de production du récit. C'est l'été, il se balade en bateau avec les fillettes à l'heure du thé et elles lui réclament une histoire :

- dans son *Journal*, Lewis Carroll écrit : « Remonté la rivière [...] avec les trois petites Liddell : nous avons pris le thé au bord de l'eau et n'avons pas regagné Christ Church avant huit heures et demie. » (cité par NIÈRES-CHEVREL I., « Les livres pour enfants et l'adaptation », in *Études littéraires* n° 71, Laval, université de Laval, 1974, p. 158) ;
- dans le « Poème d'ouverture », il retranscrit la même scène : « Au cœur d'un été tout en or/ Lentement nous glissons sur l'onde [...] Cruel Trio ! À pareille heure [...] Réclamer un conte au conteur. » (p. 26)

En confrontant encore ces sources, on apprend également que c'est à cette occasion que Carroll improvise le conte :

- dans le *Journal* : « À cette occasion, je leur ai raconté une histoire fantastique intitulée "Les Aventures d'Alice sous terre". » (cité par Nières-Chevrel I., « Les livres pour enfants et l'adaptation », in *Études littéraires* n° 71, Laval, université de Laval, 1974, p. 158) ;
- dans le « Poème d'ouverture » : « Toutes trois suivent en esprit/ Notre héroïne en un pays/ Plein de merveilles inouïes. » (p. 26)

Le conte est toutefois plus particulièrement dédié à Alice, l'inspiratrice du récit : « Alice ! prends donc cette histoire ;/ Que ta douce main la dépose/Là où les rêves enfantins/S'entrelacent dans nos mémoires. » (poème d'ouverture, p. 27)

LA CRISE D'IDENTITÉ

Après son entrée dans le pays des merveilles et à la suite des transformations physiques et mentales qu'elle subit, Alice s'interroge sur son identité : « Je... je suis une petite fille, répondit sans grande conviction Alice. » (p. 68) Les autres personnages lui demandent aussi fréquemment qui elle, qu'est-ce qu'elle est. Lorsqu'elle répond qu'elle est une petite fille, on ne la croit pas toujours, notamment lorsqu'elle devient trop grande. À un moment, un pigeon la prend pour un serpent (*ebooksgratuits.com*, 2004, p. 64).

Alice demande aussi fréquemment aux personnages qu'elle rencontre qui ils sont. La notion d'identité est donc continuellement interrogée dans cet ouvrage et Alice vit, au cours de ses aventures, une réelle crise d'identité perceptible à plusieurs endroits :

- elle a perdu son savoir scolaire (géographique, mathématique, poétique, historique, etc.), ce qui l'embête, car elle ne peut rationaliser le monde étrange qui l'entoure ;
- elle est angoissée à l'idée d'être perdue dans un univers inconnu et de ne plus jamais retrouver son existence normale ;
- la métamorphose est omniprésente et Alice ne cesse de grandir et de rapetisser. Elle en éprouve un profond malaise, car elle ne peut plus même reconnaitre les parties de son corps comme étant les siennes ;
- le Lapin Blanc la prend pour sa servante Marianne, un pigeon la confond avec un serpent, etc.

On peut interpréter *Les Aventures d'Alice au pays des merveilles* comme une initiation au monde des adultes, car l'héroïne est en constante situation d'apprentissage. Pour réussir à franchir les épreuves, sa sagesse et sa persévérance sont requises. Elle est sans cesse en train d'analyser ce qui l'entoure pour essayer de comprendre les us et coutumes des personnages qu'elle rencontre. Par exemple, durant le procès : « Alice n'avait jamais pénétré dans une salle de tribunal, mais elle avait lu diverses descriptions dans plusieurs livres et elle fut tout heureuse de constater qu'elle savait le nom de presque tout ce qui s'y trouvait : "Celui-là, c'est le juge, se dit-elle, puisqu'il porte une perruque." » (*ibid.*, p. 152).

Elle pourra quitter le monde des merveilles après le procès final et revenir ainsi à elle-même tout en ayant appris des choses durant son aventure. D'ailleurs, durant le procès, elle dit une phrase à double sens (propre et figuré) : « Je suis en train de grandir. » (p. 125) À la fin, la grande sœur d'Alice imagine sa petite sœur devenue une vraie femme, qui aurait néanmoins préservé son cœur d'enfant.

LE MERVEILLEUX ET LE RÊVE

Dans le pays des merveilles, on retrouve des éléments et des êtres caractéristiques du merveilleux :

- des créatures insolites parlent, ont des comportements humains et des facultés magiques (apparaitre et disparaitre, etc.) ;
- la société est artificielle et figée, car les habitants sont définis par leur place (le Roi, la Reine, le valet, la servante, la cuisinière, etc.) ;
- les personnages ne sont nommés que par un surnom qui les caractérise (le chat du Cheshire, la Simili-Tortue, le Lièvre de Mars, etc.) ;
- on se situe dans un ailleurs spatiotemporel ;
- il y a des objets magiques (le gâteau pour grandir, le flacon pour rétrécir, etc.) et étranges (on joue au croquet avec des flamants roses, des hérissons et des soldats en guise de maillets, de boules et d'arceaux) ;
- des évènements étranges ont lieu (un bébé se transforme en cochon, des personnages sont bloqués à l'heure du thé, etc.).

Constamment surprise, Alice n'accepte pas tout à fait le monde qu'elle découvre : elle le compare souvent à la réalité. Au fur et à mesure de l'histoire, elle est « habituée [...] à n'attendre que de l'extraordinaire » (p. 36). Ainsi, l'œuvre de Carroll parodie le conte merveilleux traditionnel : là où le héros du conte merveilleux ne s'étonne jamais de découvrir des animaux qui parlent ou des objets étranges, Alice, elle, a du mal à s'adapter et à accepter ce qu'elle voit. Elle tente sans cesse de repousser les réalités de ce monde en rationalisant, en prenant en exemple les réalités de son propre monde, mais ses tentatives sont à chaque fois vouées à l'échec, car elle oublie ses connaissances et ne peut plus argumenter face aux autres personnages qui ont leur propre logique. Ainsi, le conte traditionnel invite le héros à rêver et à vivre de merveilleuses aventures tandis que *Les Aventures d'Alice au pays des merveilles* amènent la petite fille à douter et à se sentir mal à l'aise.

De plus, les aventures d'Alice peuvent être considérées comme un rêve. En effet, au début de l'histoire, la fillette s'endort durant sa longue et lente chute dans le terrier du Lapin et, à la fin, elle se réveille : « Réveille-toi, Alice chérie, lui disait sa sœur. Vrai, quel bon somme tu as fait ! – Oh ! j'ai surtout fait un songe bien curieux ! » (p. 136) Et en effet, sachant qu'un rêve ouvre un grand champ des possibles où il n'y a aucune contradiction, où il n'y a pas de continuité spatiotemporelle, où la logique n'a pas lieu d'être et où les savoirs et la réalité perdent tout leur pouvoir, le lecteur est en droit de penser que les aventures d'Alice n'étaient qu'un rêve.

LE NON-SENS ET LE JEU SUR LA LANGUE

L'héroïne déclare que « tout est bizarre, aujourd'hui » (p. 41). L'histoire d'*Alice* n'est pas tant régie par une logique de l'absurde que par une logique du non-sens. C'est que l'œuvre présente moins un manque de sens (ce qui définit l'absurde) qu'un excès de sens. Les mots qu'utilise Alice la dépassent, la débordent, elle ne sait plus ce qu'ils signifient ou peuvent signifier ni pour elle ni pour les autres. Alice est bien plus perdue dans la prolifération du sens, dans les significations multiples que peut produire un seul mot, qu'elle n'éprouve l'absence de sens.

Dans le non-sens de Carroll, la continuité spatiotemporelle est mise à mal, tout comme la réalité et la causalité :

- le chat apparait et disparait à l'envi ;
- le Lièvre de Mars et le Chapelier sont bloqués à l'heure du thé ;
- le temps est une véritable personne ;
- la chute dans le terrier est extrêmement lente au point qu'Alice a le temps d'observer et de prendre en main des objets qu'elle trouve sur les étagères des parois du trou ;
- l'espace change constamment et subrepticement ;
- les évènements ne s'enchainent pas de manière causale, tout arrive par hasard ;
- l'ordre du monde réel ne règne pas dans l'univers merveilleux.

En outre, dans tout l'ouvrage, le thème du « devenir » est omniprésent. Il est notamment apparent dans la taille d'Alice. En effet, la petite fille grandit en même temps qu'elle rétrécit ; elle devient plus grande que ce qu'elle n'était et plus petite qu'elle n'est en train de devenir. Le temps qui passe est également symbolisé par le Lapin qui est toujours en retard. D'autres créatures se transforment :

le bébé se change en cochon, le chat du Cheshire peut choisir quelle partie de son corps il fait apparaitre (sa tête seule peut flotter dans les airs), etc. Beaucoup d'éléments du texte tournent autour du fait qu'Alice va grandir.

Le jeu sur la langue est un moyen pour Lewis Carroll d'explorer le non-sens. Par exemple, dans le chapitre « Un thé chez les fous », Alice a l'impression que les propos du Lièvre de Mars et du Chapelier sont absurdes. D'un point de vue logique, pourtant, ils sont tout à fait sensés. Par exemple, lorsque le Lièvre de Mars dit : « En ce cas, tu devrais dire ce que tu penses. – Mais c'est ce que je fais, répondit Alice vivement. Du moins, du moins… je pense ce que je dis. Et c'est la même chose, n'est-ce pas ? – Mais pas du tout ! s'exclama le Chapelier. C'est comme si tu disais que : "Je vois ce que je mange", c'est la même chose que : "Je mange ce que je vois" ! » (p. 211)

L'écrivain explore également les possibilités de la langue par pure fantaisie. On retrouve dans son œuvre :

- des mots valises (néologismes formés à partir de la réduction de deux autres mots ; le terme « mot valise » vient de l'expression anglaise « *portmanteau word* », inventée par Lewis Carroll lui-même) : la « Tortoise » (p. 108) est ainsi une tortue maitresse d'école qui fait passer ses élèves sous la toise tous les mois (c'est-à-dire qu'elle les mesure) ;
- des calembours (jeux de mots plaisants qui reposent sur une équivoque entre des homophones ou des homonymes) : « C'est la raison pour quoi l'on appelle ça des cours, fit observer le Griffon : parce qu'ils deviennent de

jour en jour plus courts » (p. 110) ;

- des jeux de mot : « Il enseignait […] le Patin et le Break. » (*ibid.*)

UNE CARICATURE DE LA SOCIÉTÉ

Même si le pays des merveilles apparait comme étant très étrange et très différent de la vie que connait Alice, le lecteur peut retrouver quelques similarités entre ce monde et la société victorienne dans laquelle vit Lewis Carroll. Par exemple :

- les personnages grondent souvent Alice parce qu'ils la jugent malpolie. Soit parce qu'elle a osé poser une question, soit parce qu'elle n'en a justement posée aucune, soit encore parce qu'elle n'a pas écouté la personne qui parlait ou parce qu'elle n'a pas compris ce qu'elle disait. La politesse est très présente dans le pays des merveilles et un acte d'impolitesse est vite arrivé. Par ce détail, Lewis Carroll veut montrer que la politesse est également très importante dans une société et que dans toute société du monde réel comme dans le pays des merveilles, les personnes se vexent facilement. Il exagère ce fait pour le tourner en dérision, pour faire comprendre que trop de politesse n'est pas forcément une chose positive et peut être source de malêtre. Être poli, c'est suivre les normes aveuglément sans poser de question. Mais lorsque l'on analyse ces règles de politesse, elles peuvent paraitre parfois absurdes, arbitraires et contradictoires. Et surtout, lorsqu'une personne est étrangère à ces règles de politesse, elle ne peut pas s'intégrer à la société. Ce sont tous ces défauts de la politesse que Carroll pointe du doigt dans son ouvrage ;

- le personnage de la Reine de Cœur passe son temps à ordonner la décapitation de toutes les personnes qui l'importunent. Le monarque est la figure de l'autorité et de la justice ; il doit se plier à ses propres lois. Pourtant, dans l'Angleterre du XIXe siècle, la personne régnante a également droit de vie et de mort sur ses sujets et a la possibilité d'abuser de ce droit, et même de tous ses droits, puisque personne ne lui est supérieur hiérarchiquement. Dans *Les Aventures d'Alice au pays des merveilles*, cette caractéristique est très exagérée à travers le personnage de la Reine de Cœur. La manière dont elle réclame tout le temps que les têtes de ses sujets soient coupées est tournée en dérision, notamment par le fait que le roi, son époux, annule toutes les condamnations dès qu'elle a le dos tourné. Le fait qu'elle triche tout le temps aux parties de croquet est également risible. Cette caricature de la reine toute puissante qui abuse de son pouvoir est en réalité une parodie du pouvoir monarchique tout-puissant à travers l'image de la reine à l'époque où Lewis Carroll écrit son conte, la reine Victoria Ire (reine de Grande-Bretagne et d'Irlande, 1819-1901), par ailleurs grande admiratrice du roman de Carroll.

À chaque fois que Lewis Carroll cherche à montrer sa désapprobation à propos d'une norme de la société dans laquelle il vit, il la caricature à l'extrême dans son récit pour montrer à quel point cette norme est ridicule.

Enfin, en masquant ses critiques derrière des faits et des

personnages imaginaires, il protège son texte de la censure et se protège lui-même de probables représailles.

En effet, si Lewis Carroll avait critiqué trop ouvertement la société victorienne, son conte aurait probablement été interdit de publication et les personnes au pouvoir auraient pu vouloir le réduire au silence. Mais le juste équilibre entre sa critique de la société et la légèreté de son texte fait qu'il ne peut pas être inquiété. *Les Aventures d'Alice au pays des merveilles* est un texte très subtil où l'auteur a su conjuguer l'art du conte pour enfants avec la critique de la société, et est ainsi parvenu à séduire un lectorat très large et pérenne. Comme Alice, Lewis Carroll refuse de vivre dans une société trop codifiée et rigide, il rêve d'un pays avec plus de fantaisie. Comme elle, il s'oppose au monde qui l'entoure. À travers son texte, il montre aussi que la rigidité de la société victorienne n'est pas faite pour un enfant.

DE L'ENFANCE À L'ÂGE ADULTE

Alice se retrouve souvent bloquée dans des situations assez inattendues. Après être arrivée au pays des merveilles en passant par le terrier du Lapin, elle se retrouve coincée dans une salle, car une porte trop petite pour elle est fermée à clé. Elle reste longtemps bloquée devant cette énigme et ne parvient pas à trouver de solution. Elle tente de s'échapper en nageant dans ses propres larmes, mais ne parvient pas à passer la porte. Plus tard, elle se retrouve également coincée dans la maison du Lapin Blanc après avoir subitement grandi. Elle ne peut plus bouger sans rien casser ou sans blesser quelqu'un.

Le fait que le personnage principal soit régulièrement bloqué physiquement n'est pas anodin. Ces situations, ces difficultés symbolisent le passage à l'âge adulte. Alice réfléchit et tente de trouver des solutions pour contourner les obstacles, comme le ferait un adulte. Elle ressort de ces expériences en ayant appris quelque chose, en ayant grandi (physiquement et mentalement). Tous ces passages se révèlent difficiles, de la même manière que grandir est difficile. Elle doit se débrouiller seule pour avancer et elle est considérée dans le monde des merveilles comme une adulte, c'est-à-dire responsable de ses actes : elle doit être polie, poser des questions, mais sans se montrer trop insistante et ne pas parler de sujets tabous. Elle est même amenée à comparaitre devant un tribunal, comme une grande personne. Ainsi, le pays des merveilles serait une sorte de rite de passage pour Alice, une manière de lui faire gravir les étapes de la vie, symbolisées par les différents endroits où elle se retrouve bloquée (la porte fermée à clé, la maison, etc.), dans le but de l'amener doucement à l'âge adulte.

LA RÉCEPTION DE L'ŒUVRE

Après avoir fait cadeau à Alice Liddell d'un manuscrit orné de 37 dessins à la plume réalisé par lui-même, Lewis Carroll soumet également son ouvrage à son mentor, George Macdonald (écrivain et pasteur calviniste britannique, 1824-1905), qui lui conseille de le faire publier. Il développe un peu l'histoire et rajoute les épisodes du chat du Cheshire et du thé avec le Chapelier Fou et le Lièvre de Mars.

En 1865, le livre est publié par Macmillan (maison d'édition anglaise, fondée en 1843) sous le titre *Les Aventures d'Alice au pays des merveilles*. Les illustrations sont refaites par John Tenniel. Tiré dans un premier temps à 2 000 exemplaires, il est réimprimé pour un tirage de 5 000 exemplaires quelques mois plus tard à la demande de Tenniel qui trouve que ses illustrations ne ressortent pas suffisamment en raison de la mauvaise qualité d'impression.

Les journaux publient des avis très positifs sur l'ouvrage. *The Spectator* prévient que « les grandes personnes qui l'offriront à leur progéniture se retrouveront en train d'en lire davantage qu'elles n'en avaient l'intention et de rire plus qu'elles n'étaient en droit de s'y attendre » (« Lewis Carroll », in *experiencealice.wordpress.com*), tandis que *The Sunderland Herlad* publie, le 25 mai 1866 : « Ce livre joli et drôle devrait obtenir un grand succès auprès des enfants. Il a l'avantage d'être dépourvu de tout aspect moralisateur ou didactique. C'est, en somme, du sucre d'un bout à l'autre, sans rien de ce goût amer qui, pour certains, devrait être à la base de tous les livres pour enfants. » (*ibid.*)

Les Aventures d'Alice au pays des merveilles est donc un réel succès qui perdure encore jusqu'à nos jours, probablement grâce à l'intemporalité des thèmes : l'enfance, le fait de grandir, la politesse et les codes de la société.

PISTES DE RÉFLEXION

QUELQUES QUESTIONS POUR APPROFONDIR SA RÉFLEXION...

- Listez les éléments relevant du conte merveilleux.
- Pourquoi peut-on dire que, d'une certaine manière, Lewis Carroll parodie le conte merveilleux ?
- Cette œuvre est également un récit d'apprentissage. Qu'est-ce que cela signifie ?
- Pensez-vous que l'auteur considère les aventures d'Alice comme un rêve ? Et vous, comment percevez-vous ses aventures ?
- L'espace-temps mis en place par Carroll est-il réaliste ? Expliquez.
- La formation de mathématicien de l'auteur se reflète-t-elle dans *Alice aux pays des merveilles* ? Si oui, à travers quoi ?
- Cette œuvre séduit autant les enfants que les adultes. À votre avis, qu'est-ce qui fait que l'œuvre touche des publics aussi différents ?
- Pouvez-vous trouver des messages cachés destinés à des lecteurs adultes ?
- Comparez *Alice au pays des merveilles* à d'autres contes comme ceux des frères Grimm (écrivains et philologues allemands, Jakob [1785-1863] et Wilhelm [1786-1859]) et de Perrault (écrivain français, 1628-1703) ou encore à *La Belle et la Bête* de Madame Leprince de Beaumont (femme de lettres française, 1711-1780). Quelles différences et quelles similitudes repérez-vous ?
- L'œuvre de Carroll a fait l'objet de nombreuses adapta-

tions, surtout cinématographiques. Comparez le conte et sa dernière adaptation en date, celle de Tim Burton (2010). Le film rend-il fidèlement compte de l'histoire et de l'atmosphère créée par Lewis Carroll ? Quelles libertés le réalisateur prend-il par rapport au conte ?

Votre avis nous intéresse !
Laissez un commentaire sur le site de votre librairie en ligne
et partagez vos coups de cœur sur les réseaux sociaux !

POUR ALLER PLUS LOIN

ÉDITIONS DE RÉFÉRENCE

- Carroll L., *Alice au pays des merveilles, ebooksgratuits. com*, 2004, consulté le 27 juillet 2017. https://www.ebooksgratuits.com/pdf/carroll_alice_aux_pays_des_merveilles.pdf
- Carroll L., *Les Aventures d'Alice au pays des merveilles*, Paris, Flammarion, coll. « GF », 2010.

ÉTUDES DE RÉFÉRENCE

- Berzkorowajny J. N., *La Frontière poreuse entre sens et « Nonsense » dans* Alice's Adventures in Wonderland *et* Through the Looking-Glass, Toulouse, université Toulouse le Mirail, 2010.
- Carroll L., *De l'autre côté du miroir*, Paris, Hachette, coll. « Le Livre de Poche Jeunesse », 2010.
- Deleuze G., *Logique du sens*, Paris, Éditions de Minuit, 1969.
- Fournier A., *Les Animaux d'Alice au pays des merveilles, œuvre de Lewis Carroll*, Maisons-Alfort, École nationale vétérinaire d'Alfort, 2011.
- Iché V., *L'Esthétique du jeu dans les* Alice *de Lewis Carroll*, Paris, L'Harmattan, 2015.
- Inglin-Routisseau M.-H., « La Reine de Cœur, un avatar carrollien de la mauvaise mère », in *La Lettre de l'enfance et de l'adolescence*, n° 59, 2005.
- Inglin-Routisseau M.-H., *Lewis Carroll dans l'imaginaire français : la nouvelle Alice*, Paris, L'Harmattan, 2006.

- LᴇᴄᴇʀᴄʟE J.-J., « Y a-t-il de l'humour dans *Alice au pays des merveilles* ? », in *Libres cahiers pour la psychanalyse*, n° 17, 2008.
- « Lewis Carroll », in *experiencealice.wordpress.com*, consulté le 19 juillet 2017. https://experiencealice.wordpress.com/lewis-carroll/
- Nɪᴇ̀ʀᴇs-Cʜᴇᴠʀᴇʟ I., « Les livres pour enfants et l'adaptation », in *Études littéraires*, n° 71, Laval, université de Laval, 1974.

ADAPTATIONS

- *Alice in Wonderland*, film de Cecil Hepworth et de Percy Stow, avec May Clark et Norman Whitten, Royaume-Uni, 1903.
- *Alice in Wonderland*, film de Norman Z. McLeod, avec Charlotte Henry, Edna Maydiver, Gary Cooper, États-Unis, 1933.
- *Alice au pays des merveilles*, film de Dallas Bower et Louis Burin, avec Carol Marsh, Pamela Brown et Ernest Milton, États-Unis, Royaume-Uni, France, 1949.
- *Alice au pays des merveilles*, film de Clyde Geronimi, Wilfred Jackson et Hamilton Luske, États-Unis, 1951. Il s'agit du long-métrage d'animation des studios Disney.
- Cʀᴇᴇꜰᴛ J. de, *Alice in Wonderland*, Central Park, 1959. Il s'agit d'une sculpture.
- *Alicia* de Federica Ibarra (compositeur) et José Ramon Enriquez (auteur du livret), création de l'Opéra National (Bellas Artes) de Mexico, 1990.
- *Alice au pays des merveilles*, film de Tim Burton, avec Mia Wasikowska, Johnny Depp et Anne Hataway, États-Unis,

2010.

- CHAUVEL D. (scénario) et COLLETTE X. (dessin), *Alice aux pays des merveilles*, Paris, Drugstore, 2010. Il s'agit de l'adaptation du roman en bande dessinée.

Retrouvez notre offre complète sur lePetitLittéraire.fr

- des fiches de lectures
- des commentaires littéraires
- des questionnaires de lecture
- des résumés

ANOUILH
- Antigone

AUSTEN
- Orgueil et Préjugés

BALZAC
- Eugénie Grandet
- Le Père Goriot
- Illusions perdues

BARJAVEL
- La Nuit des temps

BEAUMARCHAIS
- Le Mariage de Figaro

BECKETT
- En attendant Godot

BRETON
- Nadja

CAMUS
- La Peste
- Les Justes
- L'Étranger

CARRÈRE
- Limonov

CÉLINE
- Voyage au bout de la nuit

CERVANTÈS
- Don Quichotte de la Manche

CHATEAUBRIAND
- Mémoires d'outre-tombe

CHODERLOS DE LACLOS
- Les Liaisons dangereuses

CHRÉTIEN DE TROYES
- Yvain ou le Chevalier au lion

CHRISTIE
- Dix Petits Nègres

CLAUDEL
- La Petite Fille de Monsieur Linh
- Le Rapport de Brodeck

COELHO
- L'Alchimiste

CONAN DOYLE
- Le Chien des Baskerville

DAI SIJIE
- Balzac et la Petite Tailleuse chinoise

DE GAULLE
- Mémoires de guerre III. Le Salut. 1944-1946

DE VIGAN
- No et moi

DICKER
- La Vérité sur l'affaire Harry Quebert

DIDEROT
- Supplément au Voyage de Bougainville

DUMAS
- Les Trois
  Mousquetaires

ÉNARD
- Parlez-leur
  de batailles,
  de rois et
  d'éléphants

FERRARI
- Le Sermon sur la
  chute de Rome

FLAUBERT
- Madame Bovary

FRANK
- Journal
  d'Anne Frank

FRED VARGAS
- Pars vite et
  reviens tard

GARY
- La Vie devant soi

GAUDÉ
- La Mort du
  roi Tsongor
- Le Soleil des
  Scorta

GAUTIER
- La Morte
  amoureuse
- Le Capitaine
  Fracasse

GAVALDA
- 35 kilos d'espoir

GIDE
- Les
  Faux-Monnayeurs

GIONO
- Le Grand
  Troupeau
- Le Hussard
  sur le toit

GIRAUDOUX
- La guerre de
  Troie
  n'aura pas lieu

GOLDING
- Sa Majesté des
  Mouches

GRIMBERT
- Un secret

HEMINGWAY
- Le Vieil Homme
  et la Mer

HESSEL
- Indignez-vous !

HOMÈRE
- L'Odyssée

HUGO
- Le Dernier Jour
  d'un condamné
- Les Misérables
- Notre-Dame
  de Paris

HUXLEY
- Le Meilleur
  des mondes

IONESCO
- Rhinocéros
- La Cantatrice
  chauve

JARY
- Ubu roi

JENNI
- L'Art français
  de la guerre

JOFFO
- Un sac de billes

KAFKA
- La Métamorphose

KEROUAC
- Sur la route

KESSEL
- Le Lion

LARSSON
- Millenium I. Les
  hommes qui
  n'aimaient pas
  les femmes

LE CLÉZIO
- Mondo

LEVI
- Si c'est un
  homme

LEVY
- Et si c'était vrai…

MAALOUF
- Léon l'Africain

MALRAUX
- La Condition humaine

MARIVAUX
- La Double Inconstance
- Le Jeu de l'amour et du hasard

MARTINEZ
- Du domaine des murmures

MAUPASSANT
- Boule de suif
- Le Horla
- Une vie

MAURIAC
- Le Nœud de vipères

MAURIAC
- Le Sagouin

MÉRIMÉE
- Tamango
- Colomba

MERLE
- La mort est mon métier

MOLIÈRE
- Le Misanthrope
- L'Avare
- Le Bourgeois gentilhomme

MONTAIGNE
- Essais

MORPURGO
- Le Roi Arthur

MUSSET
- Lorenzaccio

MUSSO
- Que serais-je sans toi ?

NOTHOMB
- Stupeur et Tremblements

ORWELL
- La Ferme des animaux
- 1984

PAGNOL
- La Gloire de mon père

PANCOL
- Les Yeux jaunes des crocodiles

PASCAL
- Pensées

PENNAC
- Au bonheur des ogres

POE
- La Chute de la maison Usher

PROUST
- Du côté de chez Swann

QUENEAU
- Zazie dans le métro

QUIGNARD
- Tous les matins du monde

RABELAIS
- Gargantua

RACINE
- Andromaque
- Britannicus
- Phèdre

ROUSSEAU
- Confessions

ROSTAND
- Cyrano de Bergerac

ROWLING
- Harry Potter à l'école des sorciers

SAINT-EXUPÉRY
- Le Petit Prince
- Vol de nuit

SARTRE
- Huis clos
- La Nausée
- Les Mouches

SCHLINK
- Le Liseur

SCHMITT
- La Part de l'autre
- Oscar et la
  Dame rose

SEPULVEDA
- Le Vieux qui
  lisait des romans
  d'amour

SHAKESPEARE
- Roméo et Juliette

SIMENON
- Le Chien jaune

STEEMAN
- L'Assassin
  habite au 21

STEINBECK
- Des souris et
  des hommes

STENDHAL
- Le Rouge et
  le Noir

STEVENSON
- L'Île au trésor

SÜSKIND
- Le Parfum

TOLSTOÏ
- Anna Karénine

TOURNIER
- Vendredi ou
  la Vie sauvage

TOUSSAINT
- Fuir

UHLMAN
- L'Ami retrouvé

VERNE
- Le Tour
  du monde
  en 80 jours
- Vingt mille
  lieues sous
  les mers
- Voyage au
  centre de
  la terre

VIAN
- L'Écume des jours

VOLTAIRE
- Candide

WELLS
- La Guerre des
  mondes

YOURCENAR
- Mémoires
  d'Hadrien

ZOLA
- Au bonheur
  des dames
- L'Assommoir
- Germinal

ZWEIG
- Le Joueur
  d'échecs

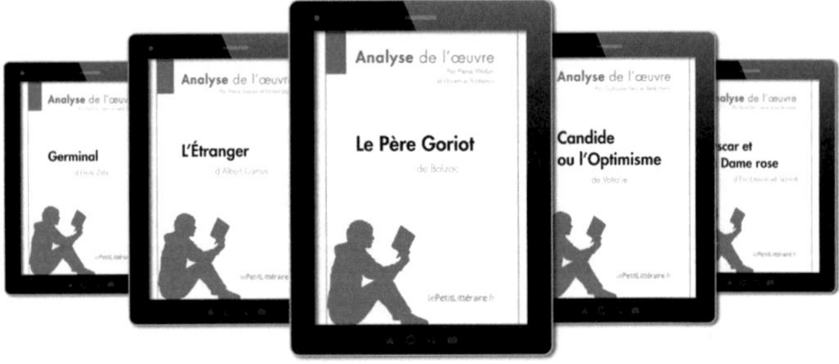

ISBN version numérique : 978-2-8062-1732-5
ISBN version papier : 978-2-8062-1259-7
Dépôt légal : D/2017/12603/680

Avec la collaboration d'Eloïse Murat pour la notice biographique, la présentation de l'œuvre, l'analyse du personnage d'Alice, ainsi que pour le chapitre « Une caricature de la société ».

Conception numérique : Primento,
le partenaire numérique des éditeurs.

Ce titre a été réalisé avec le soutien de la Fédération Wallonie-Bruxelles, Service général des Lettres et du Livre.